CEM
ENCONTROS ILUSTRADOS

DIRCE WALTRICK DO AMARANTE

CEM
ENCONTROS ILUSTRADOS

ILUMINURAS

Copyright © 2020
Dirce Waltrick do Amarante

Copyright © desta edição
Editora Iluminuras Ltda.

Capa, projeto gráfico e conversão digital
Eder Cardoso / Iluminuras

Ilustração de capa
Sérgio Medeiros [modificada digitalmente].

Revisão
Júlio César Ramos

CIP-BRASIL. CATALOGAÇÃO NA PUBLICAÇÃO
SINDICATO NACIONAL DOS EDITORES DE LIVROS, RJ
A52c

    Amarante, Dirce Waltrick do
    Cem encontros ilustrados / Dirce Waltrick do Amarante. –
1. ed. - São Paulo : Iluminuras, 2020.
    96 p. ; 21 cm.

    ISBN 978-85-7321-628-8

    1. Contos brasileiros. I. Título.

19-61729   CDD: 869.3
                          CDU: 82-34(81)

2020
EDITORA ILUMINURAS LTDA.
Rua Inácio Pereira da Rocha, 389 - 05432-011 - São Paulo - SP - Brasil
Tel./Fax: 55 11 3031-6161
iluminuras@iluminuras.com.br
www.iluminuras.com.br

SUMÁRIO

À guisa de prefácio
  Dirce Waltrick do Amarante, 10

A tradução de *Finnegans wake*, 11

A morte da mãe de Raymond Roussel, 13

O tio circense de Céline, 15

As receitas de Alice Toklas, 17

Oficinas de criação literária, 19

Kafka e o carnaval, 23

O poema de Sylvia Plath é meu, 27

Quando entrevistei Virginia Woolf, 29

Yves Klein e eu, 33

Quando não vi Samuel Beckett, 35

A dentadura de Edgar Allan Poe, 39

E não sobrou nenhum caderno de cultura, 41

A cigarra e a formiga: uma versão tropical, 45

Eu disse por dizer, 49

Contra o muro, 53

A lã da vicuña, 57

Quando uma cor cai do céu, 61

A ilha de Jerônimo Tsawé, 65

LEMBRONCINHOS

Edward Hopper à beira-mar, 71

No País das Maravilhas, 75

O dia de Bloom, 79

Le bruit du champagne, 89

Fábulas para quem vai pisar no palco, 91

à guisa de prefácio

Não gostaria eu mesma de falar sobre minha obra ficcional, por isso vou me valer de uma carta que o escritor austríaco Robert Musil, muito amigo do meu tio-avô desde que se tornaram vizinhos em Klagenfurt, me escreveu recentemente.

Aliás, meu tio-avô foi sua grande inspiração; por isso Robert dedicou a ele os livros Sobre a estupidez e O homem sem qualidades; esse último, contudo, ficou inacabado, pois meu tio-avô teve que deixar a Áustria repentinamente. Isso aconteceu porque meu aparentado descobriu numa manhã de inverno que sua amante de longa data havia tomado um avião rumo ao Brasil, onde, por decisão própria, passaria a viver com a família. Meu tio-avô, um homem de caráter, não se sentiu bem em abandoná-la simplesmente assim, ainda que ela o tivesse abandonado; por isso, ele foi atrás dela. Só que nunca mais a encontrou.

Parece que essa senhora foi morar no Nordeste, enquanto meu tio-avô acabou desembarcando com a sua respectiva família mais ao sul, em Santa Catarina, onde se tornou um grande produtor de iogurte e coalhada, que vendia de porta em porta em Lages e nas cidades vizinhas.

Bom, deixemos essa digressão inoportuna de lado e vamos ao que interessa. Enviei a Robert este livro de contos e ele, impactado com a minha ficção, escreveu-me: *"Quando uma mulher de idade vive há décadas na mesma cidade interiorana, não conseguirá ir muito longe na vida. Cordialmente, RM"*.

Acho que isso resume minha obra!

Dirce Waltrick do Amarante

a tradução de FINNEGANS WAKE

Não conheci James Joyce pessoalmente, mas conheci sua filha Lucia.

Ela era ainda jovem e fui visitá-la num sanatório perto de Londres. Ela estava deitada, com os olhos abertos, olhando o teto: "*I have never seen a star in the sky*", ela me disse, "*Do you know why? No clouds but no stars as well*" (o inglês dela não era muito bom, nem o meu, pelo menos foi o que a minha amiga Luci me disse). "É assim mesmo", eu disse. Ela ficou em silêncio e aproveitei para me apresentar como estudiosa e tradutora da obra do seu pai. Na verdade, o que eu queria é que ela me contasse dos anos de *Finnegans wake*.

Mal terminei de dizer *wake*, ela berrou: "*That crazy book! I have nothing to do with that! Nothing*"!

Ela ficou brava, levantou bruscamente e disse: "*Let's dance!*". "Ai, ai onde eu fui me meter", pensei. "Que doidice...". Estava em pleno pensamento quando ela me puxou pelo braço e dançamos Cole Porter — "*... Let's dance, let's fall in love...*" — Quando a música acabou, Lucia me disse: "*You* *dance very well. Come back tomorrow and I'll keep teaching you how to dance. Bye"*. Deitou na cama, fechou os olhos e ressonou profundamente.

A enfermeira entrou em seguida e me disse que a hora de visita tinha acabado.

Fui embora, mas voltei no outro dia e as aulas continuaram por mais de um ano. Até um dia que ela me falou *"Enough! You will never be a dancer. If you translate as badly as you dance, then keep far away from my dad's books"*. Levou-me até a porta do quarto, me pôs para fora e bateu a porta.

Voltei para o Brasil e resolvi me dedicar à dança. Agora que me apresentei na Brooklyn Academy of Music, em Nova York, com a companhia de dança da Trisha Brown, tomei a decisão de me debruçar sobre a tradução de *Finnegans wake*.

a morte da mãe de Raymond Roussel

Quem, aqui em Florianópolis, não se lembra da mãe de Raymond Roussel?

Num mês de junho, ela, que sempre foi uma grande viajante, desembarcou, junto com um vento sul gélido, na praia de Cachoeira do Bom Jesus, na capital catarinense. Bem num dia em que os pescadores puxavam redes cheias de gordas tainhas e em coro gritavam de alegria.

A mãe de Roussel mal pôs os pés na areia e foi ver do que se tratava aquele exótico ritual. Ela falava com dificuldade o português e se apresentou como a mãe de Raymond, que costumava passar férias na região e conhecia bem os nativos. De fato, ele os conhecia bem, pois quando os ilhéus souberam quem ela era, fizeram-lhe festa e prepararam um farto banquete de tainha frita e pirão d'água, não sem antes proporcionar a ela o prazer de puxar uma rede com os outros pescadores.

Ao anoitecer, a Sra. Roussel estava molhada e tilintava de frio e fome. Sentou-se num banquinho de madeira com seu prato no colo e começou a devorar tudo o que os pescadores punham nele. No outro dia a mesma coisa, e assim se seguiu durante mais de um mês. Mas, ao final de agosto, quando jantava sua tainha frita no banquinho de madeira, ela começou a tossir. Os pescadores, certos de que ela estava engasgada com uma espinha de peixe, puseram os braços dela para cima e deram-lhe tapas nas costas. Contudo, a Sra. Roussel não parava de tossir. Ao cabo de mais ou menos meia hora, ela cuspiu pirão com sangue, virou os olhos para cima e morreu. Dizem os pescadores que uma espinha de tainha havia lhe atravessado o estômago. Mas há controvérsias, parece que a Sra. Roussel há anos sofria de tuberculose.

O fato é que nada mais podia ser feito, a não ser enterrá-la. Como era sabido de todos, ela costumava viajar com o seu caixão na bagagem e isso facilitou a vida dos pescadores, que simplesmente puseram seu corpo dentro do esquife, fizeram o velório, chamaram o padre e partiram em procissão com o caixão para o cemitério mais próximo, que fica, aliás, ao lado da minha casa. Da janela do meu quarto vejo a sepultura da Sra. Roussel, mas nunca vi seu filho, o Raymond, por aqui. Os pescadores disseram que mandaram uma carta para Reimundo, como eles o chamavam, mas a carta voltou. Talvez ele tivesse mudado de endereço, mas isso a gente nunca vai saber.

O tio circense de Céline

Estava no meio da biografia que escrevia sobre Louis-Ferdinand Céline, quando soube da sua morte. Foi um duplo choque: perdia um amigo justamente antes de eu ter acesso ao seu bem mais precioso: as cartas trocadas entre ele e Heidegger sobre o nazismo. A única coisa que eu sabia a respeito era que as cartas estavam guardadas entre as páginas de seu livro *A vida e a obra de Semmelweis*.

Alguns anos depois, fiquei sabendo que o tio de Céline, um que fugiu com um circo, se apresentaria aqui em Florianópolis. Ele integrava a trupe do Circo Orlando Orfei.

Comprei ingressos, para mim e para o meu filho (que adorava espetáculos circenses), na primeira fila da arquibancada; queria ver de perto aquele tio extravagante e, depois, obviamente, tentaria falar com ele e colher, quem sabe, boas informações ou curiosidades sobre Céline.

Vieram os palhaços, os malabaristas e também muita pipoca e suco de laranja. Finalmente, chegou a vez do tio de Céline se apresentar. Ele foi até o meio do picadeiro, vestindo um macacão dourado, apertou um enorme botão vermelho e deu início ao *show* das águas dançantes, que subiram e desceram, foram para um lado e para o outro e rebolaram na nossa frente. De repente, meu filho disse: "Quero fazer xixi". Abandonamos o *show* e fomos ao banheiro.

Quando retornamos, não havia mais águas dançantes; no lugar delas, uma multidão corria pelo palco, enquanto outra se amontoava ao redor de alguma coisa.

Perguntei a um dos espectadores o que estava acontecendo. Ele me disse que quando o homem de macacão dourado foi apetar o botão para dar fim ao espetáculo das águas, levou um choque, foi jogado longe, bateu a cabeça numa das cadeiras da arquibancada e morreu.

Fomos embora, meu filho não entendeu direito o que acontecera, me pediu para voltarmos ao circo num outro dia. Eu disse que faríamos isso, mas na verdade só pensava em ir para casa e acabar de reler *Morte a crédito*.

As receitas de Alice Toklas

No fim da vida, Alice Toklas dava aulas de culinária na Rue Mouffetard, em Paris. Luci e eu, que nunca tínhamos dinheiro para pagar o curso e os gastos com a viagem, já havíamos desistido da ideia de nos matricularmos nele. Mas tudo mudou quando soubemos que Toklas guardava poemas inéditos de Gertrude Stein. Quem sabe, num *tête-à-tête*, não a convenceríamos de nos mostrar alguma coisa, de nos ceder algum poema...

Fizemos um empréstimo consignado com taxa de 3,59% ao mês e o valor dividido em 96 parcelas. Lá se ia parte do nosso salário, mas o investimento valia a pena.

Chegamos a Paris num dia chuvoso e frio. Luci ficou de cama e eu fui ao curso de culinária sozinha. Mas Toklas também estava doente e havia cancelado as aulas daquela semana.

Luci e eu tínhamos 15 dias em Paris, uma semana talvez fosse suficiente para conseguir nos aproximar de Toklas e ganhar a sua confiança, as suas confidências e os tais poemas da Stein.

Depois de uma semana, Luci já estava muito bem-disposta, e fomos assistir ao curso de Toklas. De fato ela era uma grande cozinheira e professora: aprendemos a fazer profiteroles, *macarons de champagne* e morango, uma autêntica sopa de cebola francesa...

Ao final de uma semana, engordei três quilos e meio e minhas calças não serviam mais; tive que comprar duas novas numa promoção da La Samaritaine. Luci continuava magrinha e elegante... e perguntou a Toklas sobre os inéditos da Stein... Toklas arregalou os olhos e disse "Não sei de nenhum poema... quem lhes disse isso? Bobagem...". E o assunto parou por aí.

Voltamos para o Brasil sem nada além das receitas... das duas calças novas da La Samaritaine... e das 95 prestações restantes do nosso empréstimo consignado.

Oficinas de criação literária

Lembro que num verão escaldante em Petravinska, uma província no sul da Crimeia, que na época ainda pertencia à União Soviética, ofereci, a convite do então Ministério Cultural Soviético, uma oficina de criação literária. Foram duas semanas intensas, sala lotada de candidatos a escritor.

Entre eles, havia um chamado Daniil Kharms, jovem russo com cara de velho, que fumava freneticamente. Já no primeiro dia de oficina, levou-me um conto que escrevera e queria saber a minha opinião:

> *Havia um homem ruivo que não tinha olhos nem orelhas. Ele também não tinha cabelo, de modo que só poderíamos chamá-lo de ruivo condicionalmente. Ele não podia falar, porque não tinha boca. E também não tinha nariz. Não tinha sequer pés e mãos. Não tinha barriga, não tinha costas, e espinha dorsal também não, nem mesmo vísceras ele tinha. Ele não tinha nada! De modo que não está claro de quem estamos falando. Pois o melhor é não falarmos mais dele.*[*]

---

[*] Minha oficina foi ministrada em russo, mas ofereço aqui, na tradução de Moissei e Daniela Mountian, os "contos" que Daniil me passou na tal oficina que ofereci em Petravinska.

O fato é que seu conto, se é que eu poderia chamá-lo assim, não oferecia os elementos mínimos de uma narrativa: personagem bem definida, enredo claro e objetividade, conforme eu mesma havia aprendido numa oficina literária que fizera anos atrás no Rio Grande do Sul com um grande escritor neozelandês.

Aconselhei-o a mostrar o conto a seus colegas de oficina; afinal, era bom ter leitores diversos que pudessem opinar sobre a obra; essa estratégia, aliás, eu também aprendera na tal oficina com o mestre neozelandês.

No outro dia, a partir das sugestões dos colegas, Daniil voltou com outro conto, "O encontro":

> *Um dia um sujeito ia ao serviço mas no caminho encontrou outro sujeito que voltava para casa depois de comprar uma bisnaga polonesa.*

É isso, sem tirar nem pôr.

Kharms não conseguia desenvolver minimamente uma narrativa, não tinha verve ou talvez ainda não tivesse encontrado a sua voz. Pedi que reescrevesse o conto, enfatizando que a arte de escrever estava em reescrever, isso também aprendera na tal oficina no Rio Grande do Sul.

No dia seguinte, entre uma baforada e outra de cachimbo, ele me mostrou outro conto, disse-me que abandonara de vez o homem ruivo, pois nem mesmo ruivo era, e deixara de lado o tal sujeito que encontrou outro sujeito...

Pus os óculos e li sua nova narrativa, que começava assim:

> *Antón Mikháilovitch cuspiu, disse "ah", cuspiu de novo, disse ainda "ah", cuspiu de novo, disse ainda "ah", e foi-se embora. E que vá com Deus. Eu faria melhor falando de Iliá Pávlovitch.*
>
> *Iliá Pávlovitch nasceu no ano de 1893 em Constantinopla. Ainda moleque, foi levado a Petersburgo e ali cursou a escola alemã da Rua Kírotchnaia. Depois ele arranjou um serviço numa venda, depois se meteu em outra qualquer, e no início da revolução emigrou para o estrangeiro. Então, que vá com Deus. Eu faria melhor falando de Anna Ignátievna...*

Nem precisei terminar o conto para saber que Daniil não tinha talento para a literatura. Aconselhei-o a dedicar-se à pintura ou à música. Às vezes isso acontece, nem todos nasceram para ser escritores. Numa oficina em Zurique, por exemplo, tive um participante ainda pior do que Daniil, chamava-se Kurt Schwitters, se não me engano... mal sabia segurar a caneta. Já numa outra oficina, em San Francisco, conheci um tal Kenneth Goldsmith; desse nem quero falar, parece que está envolvido num imbróglio enorme e responde a um processo por plágio.

Kafka e o carnaval

Era um fevereiro gelado, mas não nevava na capital tcheca. Eu estudava noite e dia canibalismo linguístico. Era o tema da minha tese de doutorado que deveria ser defendida em três meses no Curso de Pós-Graduação em Sociologia, da Universidade de Praga. Mas não era fácil eu me concentrar nos estudos, sempre fui muito dispersiva.

Certa manhã, numa das minhas muitas idas até a janela para ver como ia a vida lá fora, deparei-me com um pequeno grupo de pessoas fantasiadas, dançando alegremente ao som de uma bandinha. Dei-me conta de que era carnaval! Não poderia perder a festa, logo eu brasileira de pai e mãe.

Corri até o meu armário para ver se conseguia bolar uma fantasia com as roupas que eu tinha. Peguei um macacão velho, que eu usava para dormir, meio vermelho, meio marrom..., de cor indefinida, para dizer a verdade. Recortei círculos com as folhas A4 brancas que seriam usadas na minha tese e os colei no macacão. Coloquei luvas coloridas. Pus um passa-montanhas verde-escarlate que eu usava para esquiar e enfiei neles dois grandes galhos secos que peguei na rua. Estava pronta para pular o carnaval!

Infiltrei-me no bloco e dançamos a tarde toda, circulando pelas avenidas e ruelas de Praga. Logo souberam que eu era brasileira e pediram que eu cantasse marchinhas de Carnaval: "... foi a Camélia que caiu do galho/ deu dois suspiros e depois morreu.../", eu cantei e todos cantavam atrás, "... e depois morreu...".

Lá pelas tantas, começou a chover forte, cada um correu para um lado e eu, batendo o queixo de frio, abri a porta da casa mais próxima e entrei para me esquentar um pouco.

Deparei-me com um jovem sentado diante de uma mesa coberta de livros, papéis e canetas. Ele não parecia assustado com a minha presença; ao contrário, me olhava de alto a baixo com curiosidade. Naquela altura, os poás da minha fantasia tinham caído e os galhos presos no meu passa-montanhas estavam completamente tortos. "Era para ser uma joaninha... estilizada, mas chove muito", eu lhe disse em tcheco tentando explicar o meu estado deplorável. "Parece um inseto estranho e repugnante.", ele me disse em alemão. "Você é estrangeira", sentenciou também em alemão. Contei em tcheco de onde eu era e o que fazia em Praga etc., etc. Sou prolixa.

Ele me disse que era escritor, ou que queria ser escritor, apesar do seu pai..., mas estava sem inspiração, pelo menos foi o que me contou. Disse que só conseguia escrever pequenos fragmentos, contos que nunca chegavam a um desfecho. "Sei o que é isso", desabafei. Disse que minha tese também não tinha desfecho e que eu buscava desesperadamente por um. Nesse momento, ele me olhou com ódio e berrou: "Se o que você procura aqui é um desfecho para o seu texto, saiba que está no lugar errado! Pode ir embora, já tomou muito do meu tempo". Obedeci imediatamente, só não consegui achar a saída, de repente, sua casa parecia um castelo.

O poema de Sylvia Plath é meu

Conheci Sylvia Plath nos anos 1950, numa clínica de repouso no interior dos Estados Unidos. Dividimos o quarto por um tempo. Eu lia as minhas poesias para ela e ela fazia comentários sempre muito pertinentes. Lembro-me de uma vez que, supervisionadas pelos enfermeiros da clínica, pois mexeríamos com instrumentos cortantes, ajudamos a preparar a ceia de Natal. Era uma espécie de terapia ocupacional.

Sylvia amassava batatas com uma colher (ela tinha uma obsessão suicida e não lhe davam instrumentos pontudos ou cortantes) e eu cortava cebola para a salada com uma faca Ginsu (ao contrário da Sylvia, eu tinha pânico de morrer), quando, zapt!, lá se foi parte do meu dedo. Gritei apavorada: *What a thrill. My thumb instead of an onion. The top quite gone except for a sort of a hinge*!

Aos berros, fui levada para a enfermaria e puseram um curativo no meu dedo que sangrava sem parar. Como eu estava completamente histérica, administraram-me alguns calmantes.

Já calma, levaram-me para a sala de jantar onde todos já ceavam. De repente olhei para o chão, vi o tapete e, delirando, disse: *Little pilgrim, the Indian's axed your scalp. Your turkey wattle carpet rolls straight from the heart. I step on it, clutching my bottle of pink fizz.* Na verdade, eu não carregava garrafa nenhuma, mas um amontoado de gaze.

Meus delírios continuaram; e ao me perguntarem se sabia onde estava, respondi de forma desconectada: *A celebration, this is. Out of a gap a million soldiers run, redcoats, every one.*

Anos mais tarde, descobri por acaso que as minhas frases natalinas tinham virado um poema intitulado *Cut* e que fora assinado por Sylvia Plath, ela mesma!

Que decepção! Nunca me contou nada nem dedicou o poema para mim, mas sim para uma tal de Susan O'Neill Roe.

Fiquei tão deprimida com tudo isso que precisei voltar para uma clínica de repouso, de onde nunca mais saí.

Quando entrevistei Virginia Woolf

Depois de ter trocado cartas durante anos com Virginia Woolf, fui convidada, numa das minhas idas à Inglaterra, a tomar chá com ela. Aproveitaria a ocasião para entrevistá-la para um jornal universitário que coedito com dois outros colegas. Já havia proposto publicar, nesse jornal, suas cartas como ficção, mas ela se negou e reagiu veementemente: "Por que mentir, por que colocar no plano literário algo que é o grito da vida mesmo?..." Acho que quem disse essa frase foi Antonin Artaud para o editor de *La Nouvelle Revue Française*. Sei lá, de qualquer forma as cartas dela não foram publicadas; mas isso não vem ao caso.

O que de fato interessa é que, num sábado à tarde, estava num café em Cambridge, diante de Virginia. Na época, ela estudava no Trinity College, pesquisava literatura brasileira, mais especificamente a poesia de Qorpo-Santo.

Depois de uma breve conversa introdutória, com direito a reapresentações nossas e comentários sobre as cartas que trocamos, comecei a entrevista. Tão logo terminei a primeira pergunta — "Seus contos são influenciados pelos contos de Katherine Mansfield?" —, percebi que Virginia se pôs reflexiva, olhando atentamente para um ponto fixo como se buscasse as palavras corretas para me responder. Era uma pergunta capciosa, sabia da relação de amor e ódio entre as duas.

Um tempo considerável se passou e ela permanecia imóvel, olhos vidrados num ponto qualquer da parede branca diante dela. Sou entrevistadora ardilosa, como todas deveriam ser, consegui deixar a grande Virginia Woolf sem palavras.

O silêncio seguia e me indaguei se deveria partir para o próximo questionamento e pôr reticências como resposta à primeira pergunta. Mal tive tempo de concluir o que fazer e Virginia, olhando fixo para a parede, me disse: "A marca na parede é realmente — o que devo dizer? — a cabeça de um prego velho gigantesco, cravado ali há uns duzentos anos, que agora, graças ao paciente atrito de muitas gerações de criadas, mostrou sua cabeça para além das demãos de tinta, e está tendo sua primeira visão da vida moderna no espetáculo de uma sala de parede branca iluminada pelo fogo... Querida, preciso ir embora, falemos mais tarde". Olhei para trás, para a tal parede, tentando encontrar uma explicação e, realmente, vi um pontinho marrom nela, nada de mais... talvez um pernilongo tenha sido abatido ali, nada de mais...

Não voltei a me encontrar com Virginia Woolf, mas aquela frase que ela me disse tenho hoje certeza de que a li num de seus contos.

YVES KLEIN E EU

Para o Sérgio, fã de Yves Klein

Meu sonho era desfilar para Coco Chanel, embora tivesse sido convidada para desfilar para Balenciaga, de quem era amiga de longa data.

Assim que pus os pés em Paris fui direto ao ateliê de Coco Chanel deixar o meu portfólio; e não tardou para eu ser chamada para a prova de roupas de um desfile da nova coleção outono/inverno. Tudo corria bem... até eu vestir uma calça preta com riscas brancas, que cismava em não passar no meu culote; só passou depois que abri nela um rasgão de dez centímetros. Não foi dessa vez que debutei nas passarelas francesas!

Mas meu destino como modelo estava selado e, num domingo à tarde, li no *Le Figaro* que um artista novato precisava de modelos. Candidatei-me e no outro dia estava no ateliê de Yves Klein, que logo descobri não ser um estilista, mas um artista plástico.

"Dispa-se", Yves me disse. "Ufa", suspirei, pois tirar a calça me parecia mais fácil do que colocá-la, principalmente depois do ocorrido no ateliê de *Mademoiselle* Chanel.

Totalmente nua, besuntada de tinta azul, Yves me fez correr de um lado para o outro, fazendo-me tocar sobre uma grande tela; às vezes, ele me puxava, às vezes eu me movimentava sozinha. Minhas formas criavam antropometrias inusitadas. Outras vezes, eu simplesmente imprimia meu corpo nas telas ao som de uma orquestra ao vivo, diante de um público entusiasta. Em plena sintonia, Yves e eu trabalhamos juntos durante muito tempo.

Naquela época, o artista estava obcecado pela cor azul. Quando decidi voltar ao Brasil, ele me presenteou com uma tela na cor amarante: era uma cor meio vermelha, meio rosa... muito feminina.

No Brasil, tocada ainda pelo contato com o grande artista francês, decidi fazer uma performance em sua homenagem. Bastou eu me jogar nua sobre uma tela, ao som de um atabaque, em pleno Museu da Primavera, em São Paulo, para me levarem presa.

Na cela, sobre a minha cama, estendi a obra em amarante do querido Yves Klein..., uma bela lembrança de Paris.

QUANDO NÃO VI SAMUEL BECKETT

Estava ali há horas, mas não sei como fui parar naquele lugar, movia a minha cabeça para a direita e para a esquerda, mas não via ninguém.

De repente ouvi uma voz:

"... sair... para dentro deste mundo... este mundo... coisa pequenininha... antes do tempo..."

"Hei", eu disse, " Quem está falando? ... Onde você está?"

"Quase no mesmo buraco que você, um pouco mais atrás... Como veio parar aqui?"

"Não sei!... Não sei... De repente, estava aqui..."

"Acontece."

"Como você sabe?"

"Se você está aqui, se eu estou aqui, é que isso acontece."

"Faz sentido... faz sentido... E fazemos o quê?"

"Vamos esperar."

"O quê?"

"Não tenho resposta para tudo", disse irritado, "vamos simplesmente esperar."

"E a gente tem que esperar muito tempo?"

"Não sei..."

"Você está esperando há muito tempo?"

"Não sei... mas acho que já faz um tempinho... vamos esperar... simplesmente esperar."

"Ah..."

Silêncio.

"Hei, ainda está aí?", perguntei.

"Sim, estou aqui faz um tempinho."

"E você gosta de estar aí?"

"Estou acostumado... é um lugar tranquilo... cada um na sua... ali à direita está o Ionesco... lá embaixo o Sartre... dizem que o Cortázar também está por aí... mas nunca o vi... aliás, nunca vi ninguém... nunca saio daqui... tenho que esperar..."

"Ah... queria ver o Ionesco... preciso de uma autorização para publicar uma tradução de um texto dele que eu fiz e que está há anos na gaveta... Mas não consigo me mexer...

precisava falar com o Cortázar também... mas não consigo me mexer... Que buraco é este onde a gente não consegue se mexer?"

"Daqui não consigo ver para te dizer... mas fica tranquila, aqui, em Montparnasse, tudo é organizado. Cada buraco tem seu nome, o teu deve estar aí..."

"Será?"

"Não seja desconfiada", respondeu-me bruscamente.

Silêncio!

"Hei... como é mesmo o seu nome?"

"Samuel... Samuel Beckett."

"Nossa!... Que...".

"Chegaram!", gritou de repente, me interrompendo.

"Quem?", perguntei.

"Os turistas! As fotos vão começar... Vamos, sorria!"

"Vão tirar fotos minhas?"

"Como é que eu vou saber? Mas por via das dúvidas, sorria..."

Não sei por quanto tempo adormeci sobre o túmulo do Beckett; acordei quando meu marido gritou que tinha achado o túmulo do Pierre Armand, um amigo nosso aparentado ao grande artista Arman, que morreu de apoplexia no inverno passado e foi enterrado em Montparnasse do lado do Baudelaire.

a dentadura de Edgar allan Poe

A Biblioteca Pública de Boston organizava no fim de cada ano uma festinha de confraternização para seus funcionários. Era a primeira festa de que eu iria participar desde que me tornara chefe da seção de achados e perdidos; seção, aliás, bastante concorrida, uma das mais agitadas de toda a Biblioteca, de modo que minha responsabilidade era imensa.

Nunca fui de beber e, naquela noite festiva, passei a água e a tortilha sabor queijo coalho. Apesar da minha abstinência alcoólica, saí completamente zonza da confraternização. Lá pelas 5 horas da manhã, vomitava sobre a neve acumulada na calçada. Vomitei tanto que, cansada, resolvi me sentar no chão. Ao meu lado, havia uma figura quase tão arruinada quanto eu: "Que noite, hein?", disse-lhe. Ele me olhou e sorriu, seus dentes brilharam na rua estreita e escura de Boston. Pareciam os dentes da minha tia Berenice, que meu primo guardava numa caixinha de plástico para lhe fazer uma dentadura nova. O fato é que me deu uma vontade incontrolável de arrancar todos os dentes daquele homem e levá-los comigo para o

Brasil, numa caixinha de plástico: daria um belo colar, ou colares, que venderia nas praias de Santa Catarina no verão.

Ele parou de rir. Parecia querer me dizer alguma coisa, mas sua língua se movia incontrolável de um lado para o outro como se ele estivesse tendo uma convulsão: *"Annabel Lee, where are you?"*, foi o que consegui apreender. Em seguida, virou os olhos para cima e aquietou-se. Não fosse pelo seu coração batendo em alto e bom som, acharia que já estivesse morto.

Ainda me lembro — foi num glacial dezembro — quando isso aconteceu; mas para ser sincera, não sei se aconteceu mesmo; acordei no meio da tarde, no meio da rua e no meio do horário do meu expediente. Nem sinal do estranho! Ao meu lado, lambendo o meu vômito na calçada, um gato amarelo manco de uma das patas.

E não sobrou nenhum caderno de cultura

Lembro bem de Agatha Christie, de quando trabalhamos juntas num caderno de cultura de um jornal local lá pelos anos 1970. Nosso trabalho ia muito bem, mas um dos diretores do jornal decidiu acabar com o caderno sob a alegação de que o periódico precisava de mais espaço para as colunas sociais e para as páginas policiais; na verdade, ele achava mesmo que os artistas eram um "bando de gente esquisita tentando fazer arte numa ilha de sol e mar".

Agatha aceitou trabalhar nas páginas policias, pois não podia perder o emprego naquele momento, com tantas dívidas a pagar: o aluguel de um chalé no Pântano do Sul, a prestação de uma geladeira, o financiamento do Fiat Uno etc.

Acontece que ela não gostava nem um pouco de sair da redação para ir atrás das matérias. E isso ela tinha que fazer, pois além do texto, tinha que tirar as fotos para ilustrar seu conteúdo. Logo na primeira semana, cobriu um afogamento nas areias das dunas da Praia do Santinho, e ao lado do afogado havia uma garrafa de Campari. Segundo o laudo, o afogado estava completamente bêbado: "O homem confundiu as dunas com o mar, foi dar um mergulho e deu no que deu... morreu com a cabeça enfiada na areia".

Depois de ter passado mais de seis horas nas dunas, fotografando tudo e entrevistando testemunhas, Agatha teve uma insolação. Passou uma semana com febre e dores no corpo e decidiu, por fim, que da redação não arredaria mais o pé.

Como as notícias não chegavam a ela, decidiu criá-las. Sua primeira "matéria" nessa nova fase descrevia a viagem de um grupo de amigos argentinos à Ilha que terminou com o assassinato de todos. Cada dia morria um, eram entre oito e dez, de modo que a história lhe rendeu assunto para mais de um mês. "E não sobrou nenhum", foi a manchete da última matéria sobre o caso. O jornal vendeu como água. Todo mundo queria saber o desfecho daquele estranho caso ocorrido justo aqui na Ilha da Magia.

Outra "matéria" policial foi sobre um corpo encontrado na biblioteca da casa de um professor de literatura aposentado. Como não havia Google e ninguém nunca checava a veracidade das informações, essas histórias se tornavam fatos e os jornais sumiam das bancas em poucas horas.

Depois de alguns anos escrevendo para as páginas policiais, Agatha se deu conta de que suas histórias agradavam ao povo. Nessa época, já tinha conseguido pagar todas as prestações do Fiat Uno e da geladeira. Decidiu, então, vender os dois e com o dinheiro comprou passagem de volta para a Inglaterra, sua terra natal. Lá, readaptou os casos narrados no jornal catarinense. Muitos deles foram publicados em livros e viraram até filme e peças de teatro.

Arrependo-me de não ter aceitado trabalhar nas páginas policiais. Na época, decidi ficar com as colunas sociais e, afinal de contas, também escrevi alguns livros, como *A gastronomia nos meses de verão* e *Entre uma praia e outra*, que não vendem nem um terço dos títulos da Agatha, e por isso continuo pagando aluguel e o financiamento do meu Ford Ka.

a cigarra e a formiga: uma versão tropical

Certa vez me encontrei com Esopo, ele tinha acabado de ser mandado para o olho da rua pelo filósofo Xantos, de quem foi conselheiro por longa data. Com tempo livre e dinheiro no bolso, depois de ganhar uma ação trabalhista contra Xantos, ele resolveu se dedicar à literatura e precisava urgentemente de alguém que colocasse no papel suas historietas.

Como eu tinha perdido meu emprego na universidade onde lecionava Artes Cênicas, resolvi me arriscar nesse novo trabalho, que não era remunerado, mas Esopo dava casa e comida para quem aceitasse a empreitada.

Arrumei as malas e parti. Em seis dias estava na Grécia. A viagem demorou um pouco, porque peguei um voo barato, com três escalas, uma delas em Calcutá. Bom, mas o que interessa é que cheguei à casa de Esopo.

Conversamos um pouco e ele não quis me contratar, mas implorei, falei da situação política no Brasil, da extinção da Faculdade de Artes Cênicas, da perseguição contra os professores etc. e tal. Ele se comoveu.

Começamos com "A cigarra e a formiga", estávamos nos momentos finais da fábula, quando ele me parou e disse:

— Escreva outra versão, para o Brasil, essa não serve.

E começou a ditar:

"Num dia quente de verão, a cigarra cantava a plenos pulmões, enquanto a formiga juntava grãos para os dias difíceis de inverno.

Vendo que a formiga era trabalhadeira, a cigarra disse:

— Nada te faz parar, nem esse calor infernal. Parabéns!

— Obrigada, por que você não faz o mesmo?

— Cada um com seu fardo, colega, eu canto. Se eu não cantasse, a tua vida seria triste e o teu trabalho mais árduo. Não é mesmo?

A formiga coçou a cabeça e disse:

— Ah, mas nem sempre gosto da sua música. Na verdade gosto de...

— Tu não gostas — interrompeu a cigarra —, mas seus colegas gostam. Tu tens que pensar no coletivo, na nação! A gente se sacrifica pelo bem geral... Está na Bíblia, minha filha! Ordens de Deus.

A formiga, que trabalhava noite e dia e não tinha tempo de ler, só fez consentir; afinal, contra os desígnios divinos ninguém pode ficar.

Mas chegou em casa e resolveu olhar a Bíblia para ver onde estava escrito isso; ocorre que ela não tinha a Bíblia; então, deixou para lá.

Chegou o inverno e a cigarra, mais que rapidamente, bateu à casa da formiga:

— Vim recolher a tua guarnição em nome de Deus.

— Está tudo aqui, disse a formiga.

E deu tudo para a cigarra, que se fartou de comer no inverno e voltou a cantar no verão, enquanto a formiga morreu à míngua.

Moral da história: Nunca dance conforme a música".

Eu disse por dizer

Estava no Chiado, em Lisboa, tomando um café e comendo um pastel de Belém (começaria a dieta no primeiro dia do ano novo sem falta), quando, de repente, na mesa ao lado, me deparei com Leonora Carrington. Curiosamente, eu lia seu livro de contos, *La dame ovale*, ilustrado pelo seu companheiro Max Ernst, e resolvi lhe pedir um autógrafo.

Aproximei-me da mesa e, quando ela meu viu com o seu livro na mão, disse-me impressionada:

— Onde você conseguiu esse livro? Está fora de catálogo há anos, desde que o publiquei em 1939.

— Eu consegui uma cópia na Biblioteca Nacional da França. Vou traduzi-lo para o português...

— Você é portuguesa?, interrompeu-me.

— Não, sou brasileira, só vim pedir asilo em Portugal. A situação no Brasil não está nada boa, tenho medo da novíssima onda da ditadura militar... Sou professora, sabe como é...

— Que horror, o mundo desandou! O que dizer da ascensão desse louco do Hitler! Essa guerra insana... Max está preso... eu também estou em fuga.

Achei que ela falava do nosso presidente. E achei que a guerra era na Venezuela. Então perguntei:

— Já começou a guerra?

— Há mais de dois anos!

— Como assim?

— Não está sabendo? Os nazistas estão por toda parte... Vou para o México amanhã... via Estados Unidos... O Camacho, presidente do México, está tendo uma boa relação com os Estados Unidos...

— Com o Trump? E o muro?

— Que muro?

— Que o presidente americano quer construir na divisa com o México.

— Não estou sabendo disso. Quem é Trump?

— Pois é, quem é ele para propor um absurdo desses? Então os nazistas estão na Venezuela?, continuei.

— Não estou sabendo. O que eles fariam lá?

Ficamos um minuto em silêncio.

— Estou confusa, eu disse. — O presidente do México não é o Obrador?

— Não estou sabendo. Estou confusa.

Ficamos mais um minuto em silêncio.

— Dê-me aqui o livro que vou autografar. Daqui a pouco parto para Nova York.

Estendi o livro e ela assinou:

Para uma leitora, de LC.

Lisboa, 1942.

— 1942?!, perguntei.

— Sim, em qual ano acha que estamos?

— Pensei que fosse 2019!

Pensou um pouco, tomou mais um gole de café, olhou o relógio e disse:

— Será que estamos em fusos horários diferentes?

— Pode ser, eu disse por dizer.

Ela saiu abruptamente, não sem antes me pedir que pagasse seu cafezinho.

Contra o muro

Ao perceber que a situação no Brasil degringolava, deixei tudo pronto para uma fuga emergencial. Como não tinha muito dinheiro, comprei um bote inflável de segunda mão e um remo. E quando eu menos esperava, isso me foi útil.

Numa segunda à tarde fui avisada anonimamente de que a polícia iria à minha casa. Não sabia exatamente o que ela queria comigo, mas suspeitei que uma das minhas alunas havia me denunciado. O caso foi o seguinte: numa apresentação de trabalho, ela afirmou que Marx havia sido o responsável pela Segunda Guerra Mundial, e fui obrigada a dizer que ele havia morrido anos antes de a guerra começar; aliás, morrera antes mesmo de ver a Primeira Guerra começar e acabar, porque, para nosso consolo, um dia tudo acaba. Mas ela insistiu que a culpa era só dele e citou um vídeo do YouTube.

Conclusão: a sua nota não foi muito boa e ela, que havia gravado, pelo que eu soube, um momento pontual da minha aula, justamente aquele em que dizia que "Marx não era culpado pela Segunda Guerra Mundial", me denunciou.

Não tive dúvida, peguei o bote e o remo e me enfiei mar adentro. Passei mais de uma semana navegando na mais completa solidão. Certo dia, contudo, vi ao longe um botezinho muito parecido com o meu. Aproximei-me dele e, para a minha surpresa, quem estava lá? Ferreira Gullar!

Perguntei:

— O senhor está passeando, está perdido?

— Fugindo, minha filha, fugindo — me disse esbaforido.

— Ué, o que houve?

— "Poema Sujo", "Poema Sujo" — respondeu arquejante.

— O senhor está cansado, não quer vir para o meu bote? Remo e o senhor pode descansar. Sabe para onde está indo?

Enquanto ele pulava para o meu bote, respondia entre tossidelas:

— Para longe... para longe...

— Então tá. Estou indo para o mesmo lugar. Descanse um pouco e me conte o que houve.

Ele me contou que queriam prendê-lo porque seu poema incitava à insubordinação.

— Como assim? Insubordinação? — perguntei surpresa.

— Sim! Contra o governo Trump! Cismaram com o verso "mão do sopro contra o muro".

— Ué! E o que o Brasil tem a ver com isso?

— Ah, minha filha...

Interrompi:

— E o poema não foi escrito lá atrás?

— Sim, mas foi lido hoje.

Enquanto eu remava, Gullar começou a recitar esse e outros poemas dele e, quando menos esperávamos, chegamos sãos e salvos à Ilha da Madeira.

a lã da vicuña

Para Cecilia Vicuña

Quando Cecilia Vicuña me disse que podia me receber em seu apartamento em Nova York, não pensei duas vezes, arrumei minhas malas (raramente viajo com uma só) e parti.

No dia da entrevista, um domingo ensolarado, mas frio, separei alguns livros que queria que ela autografasse, elaborei algumas perguntas para lhe fazer e coloquei um vestidinho bege de tricô 100% algodão. (Há tempos que só me visto com tecidos de fibras naturais — embora seja tentador comprar uma blusinha de poliéster por U\$ 5,00 na H&M ou por € 4,00 na Primark).

Foi só no táxi, contudo, que percebi um fiozinho solto no meu vestido. Enrolei o fio e, com a ponta de um lápis, o enfiei cuidadosamente de volta ao seu lugar. O problema é que ele cismava em sair... paciência.

Cecilia me acolheu com muita simpatia no seu *flat*, cheio de livros e de obras de arte. Falamos sobre tudo: poesia, tradução, performance, política, feminismo e sobre a vicuña/vicunha, um camelídio andino que corre o risco de extinção. Sua lã, ela me disse, "é sagrada", e prosseguiu: "Há duas formas de tirar a lã da vicuña:

uma que é violenta e outra que é suave. Se a lã é tirada com muita força, a fibra se corta; por isso precisa ser tirada com muita arte".

Então, foi até uma mesa, com um gavetão de madeira, e de lá tirou uma bola de lã de vicuña para me mostrar como se deve tirar o fio dela sem que ele se rompa.

Enquanto fiava, seguia falando: "São as mulheres que têm que tirar o fio da bola de lã, porque elas tiram com cuidado, de modo que nunca o corte. A mulher é quem conserva a unidade e a união. Entende? Por isso estão sendo perseguidas no mundo todo, porque delas depende a continuidade da vida...".

De repente, sem mais nem menos, levantou-se, apanhou um cartaz que dizia "FLORESTA VIVA NÃO DESTRUÍDA" e pediu que eu o fizesse circular entre os artistas brasileiros. Em seguida, levou-me até a porta e disse: — *Adiós! I have to pack up. Tomorrow I'm going to Chile!*

Foi só no corredor do prédio que me dei conta de que estava só com a minha roupa de baixo! Meu vestido havia sumido! Estava atônita! Passou-me pela cabeça que poderia ser um tipo de feitiço, uma alucinação...! Mas eis que me lembrei do fio solto do meu vestido, que certamente se misturou ao fio da lã sagrada da vicuña e com ele foi fiado. Diante dessa imagem tão poética não me importei em voltar para o hotel enrolada na faixa que ela havia me dado.

Duas quadras depois, contudo, as pessoas começaram a se aproximar de mim, a tirar fotos, em poucos minutos a imprensa estava lá, me questionando, filmando... Não sabia o que dizer e, de fato, não disse nada, ou quase nada, só consegui dizer que era brasileira.

E foi assim que fiquei famosa. No mesmo dia, eu estava nos noticiários da ABC News e da CNN e, no outro dia, era capa do *The New York Times* com a manchete: *BRAZILIAN WOMAN IN A LONELY ENVIRONMENTAL PROTEST IN NEW YORK!*

quando uma cor cai do céu

Conheci Lovecraft no pátio central do hospício São Tomé, no interior de Roraima, onde eu estava internada havia mais ou menos dois anos; e justo num dia em que me encontrava extremamente deprimida, pois uma colega, na verdade uma grande amiga, havia recebido alta, e eu, ao que tudo indicava, permaneceria ali sabe-se lá até quando, sozinha.

Lovecraft parece que percebeu esse meu estado de espírito terrível e se aproximou puxando conversa:

— Acha que hoje vai faltar luz?, me perguntou.

— Tomara, lhe disse.

— Sem luz, sem choque elétrico, né?, prosseguiu.

— Verdade!, repliquei.

Esse foi o começo de uma conversa que se seguiu por horas: contei-lhe da minha amiga de quarto, que havia visto Jesus no alto de uma sequoia-gigante. Confessei ao meu amigo que nunca acreditara muito na história dela, pois ela era míope, então não tinha como saber se era mesmo Jesus lá no alto da sequoia... Mas parece que a história era verdadeira, razão pela qual ela recebeu alta e, até onde eu sabia, já estava até empregada.

Perguntei-lhe como havia parado ali, no São Tomé. Ele me contou que um dia fizera um estudo topográfico de uma área no interior da Bahia, para a construção de poços artesianos. Foi então que viu uma cor cair do céu, e "ela sugava a vitalidade das pessoas da região..." Ele nem terminou a frase e o interrompi abruptamente:

— Eu também vi, eu também vi a cor que caiu do céu!

Ele me olhou espantado. Descobrimos que nós dois tínhamos, na mesma região da Bahia, visto uma cor cair do céu, tínhamos presenciado o mesmo fenômeno! Nossas experiências eram semelhantes. Ambos tínhamos alertado a polícia e o exército sobre o fato, mas ninguém nos deu ouvidos, ao contrário, disseram que a cor era uma alucinação e que as pessoas da região eram malandras mesmo, não precisavam de cor nenhuma que lhes "sugasse a vitalidade". Como insistimos, fomos levados para o hospício.

Bom, o fato é que estávamos insatisfeitos com o tratamento à base de choque elétrico, que considerávamos ultrapassado, além de já ter sido veementemente condenado pela ciência. Desse modo, decidimos fugir juntos!

Num primeiro descuido dos enfermeiros, escapamos por uma fresta da cerca, também elétrica, mas o choque era, naquela altura do campeonato, de menos e, pelo visto, seria o último.

Corremos mata adentro até chegarmos a uma ponte que ligava o Brasil com a Venezuela. Estávamos sobre ela quando vimos, ao longe, o carro do São Tomé. Olhei apavorada para Lovecraft e lhe perguntei:

— De que lado da fronteira estamos?

— Do brasileiro, ele respondeu.

Dei um salto em direção à Venezuela e disse:

— Vamos, vem, depressa! Prefere choque elétrico ou...?.

Nem acabei a frase e Lovecraft deu um salto na minha direção.

Desde então moramos em Caracas, na casa da neta de Gertrud Goldschmidt, Gego, que nos acolheu carinhosamente.

a ilha de Jerônimo Tsawé

Nos anos 1980, quando eu era aluna das Faculdades Unidas Católicas, em Tangará, ouvi falar pela primeira vez de Jerônimo Tsawé, um índio xavante que teria 100 anos e que gozava de grande prestígio na sua aldeia por ser uma espécie de profeta. Devo a descoberta aos padres salesianos. Respeitáveis etnógrafos, os salesianos são os autores da *Enciclopédia Bororo*, cujo primeiro volume, publicado em 1962, foi saudado com entusiasmo por Claude Lévi-Strauss. O antropólogo belga-francês extraiu de suas páginas, ao longo dos anos 1960, dados para compor sua monumental *Mitológicas*. Os salesianos se dedicaram também à coleta de narrativas míticas e oníricas dos xavantes, que são vizinhos dos bororos, e publicaram, em 1975, os relatos de Jerônimo Tsawé, em dois volumes: *Jerônimo conta* e *Jerônimo sonha*. Aconselhada pela professora Aurora Bernardini, que se tornaria minha orientadora na USP em 1987, decidi visitar Jerônimo na aldeia em que ele morava, em Mato Grosso, para iniciar o estudo das narrativas xavantes. A viagem de São Paulo até a reserva indígena de Sangradouro, no leste de Mato Grosso, é longa. Fiz de ônibus várias vezes o trajeto, sempre na expectativa de conversar com ele. Numa ocasião, o jornalista Antônio Gonçalves Filho, então trabalhando na *Folha de S. Paulo*, me acompanhou; noutra, um fotógrafo espanhol, que estava tirando fotos para o jornal *El País*. Tanto o jornalista quanto o fotógrafo estavam interessados em conhecer Jerônimo, porque ele era o *wamaritede'wa*, o dono dos sonhos, o sonhador oficial da aldeia. No passado, fora um líder respeitado e seus sonhos proféticos teriam influenciado a vida dos demais indígenas. Muito provavelmente ainda os tinha. Jerônimo usava no lóbulo de ambas as orelhas um pedaço da madeira do cerrado chamada *wamari*, que tem a propriedade de provocar sonhos em seu portador. Os demais xavantes usam outros tipos de madeira na orelha. Numa ocasião em que encontrei alguns deles em São Paulo, portavam pedaços de uma árvore cuja principal propriedade, segundo me explicaram, era a de pacificar o espírito hostil dos brancos. O dono dos sonhos era um índio magro que caminhava lentamente apoiado num cajado. Simpático, usava uma barbicha branca rala e estava sempre sorrindo, mas não falava português. Não quis me revelar seus sonhos. Alegava que já não sonhava como antes.

Passou-me, certa vez, uma folha de papel coberta de grafismos. Dizia que estava aprendendo a escrever e que aqueles traços que flutuavam meio enviesados eram a sua assinatura. A capa do meu livro *Figurantes* reproduz essa folha, que guardo comigo até hoje. Num dia nublado e frio, Jerônimo me recebeu em sua casa, construída pelos salesianos. Estava sentado no chão, na penumbra. Iria me contar o mito da origem do fogo, que eu conhecia bem. É uma história longa. Dispensei o intérprete porque queria estar a sós com Jerônimo e assistir à tão aguardada performance do renomado narrador. A narrativa poderia durar horas. Jerônimo falou durante uns dez minutos, em voz baixa e sem gesticulação. Então, deitou-se no chão. E adormeceu em seguida. Seu sono era tranquilo. Eu permaneci ali, velando o sono do dono dos sonhos. Hoje, recordando essa cena, não posso deixar de citar uma passagem da obra de Lewis Carroll, cujos livros sempre me acompanharam em minhas viagens à Reserva Indígena de Sangradouro. Nessa passagem, a personagem Alice, inicialmente, está num mundo cujas leis desconhece por completo e, depois, num mundo cujas leis conhece, porém se recusa a aceitar.

Eu me sentia oscilando entre esses dois extremos. E, agora, descrevendo o sono do grande *wamaritede'wa* xavante, imóvel na penumbra, talvez não seja falso de minha parte citar o que disseram a Alice quando ela presenciou o rei dormindo: «Ora, você é só uma espécie de coisa no sonho dele!»

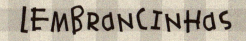
LEMBRANCINHAS

Edward Hopper
à beira-mar

Os quadros de Edward Hopper têm a tendência de esvaziar-se, ou seja, "o tema da multidão apinhada num determinado lugar desaparece completamente da sua obra", lembra o crítico Ivo Kranzfelder.

Essa casa (foto acima), numa movimentada praia de Florianópolis, bem poderia ser a de um quadro de Hopper. No meio do burburinho animado na areia apinhada de brasileiros, argentinos e uruguaios jogando frescobol e tomando caipirinha, a casa permanece lá, isolada, desabitada, como se estivesse num mundo à parte, ou talvez num subúrbio norte-americano que Hopper tanto gostava de retratar.

De fato, raramente vejo alguém nessa casa; e quando vejo ali alguma figura humana, ela está como que na "sua própria constelação", para usar a expressão de Kranzfelder, ou seja, isolada e solitária como os seres humanos retratados por Hopper.

Nessa casa, os humanos ganham um aspecto artificial, como se não vissem ou desprezassem completamente o movimento nas areias da praia. Não tirei nenhuma foto da casa habitada, mas *Meio-dia* (1949), de Hopper, bem poderia ilustrar o que pretendo dizer.

Vejo essa casa à beira-mar sempre de uma perspectiva inclinada para cima (é claro, eu estou na areia, e a casa num terreno um pouco elevado), com sua base suspensa no ar, como se ela estivesse flutuando, o que me causa uma certa desorientação. Sabe-se que Hopper gostava de explorar essas perspectivas em seus quadros para lhes dar um aspecto quimérico. Esse aspecto, aliás, me faz muitas vezes ter medo de passar pela tal casa, pois sempre acho que dela surgirá uma figura estranha que me abduzirá para um outro mundo, o seu mundo desoladamente feérico.

As perspectivas de Hopper são tão estranhas e às vezes tão assustadoras que não é à toa que Alfred Hitchcock tenha usado a técnica do artista no seu filme *Psicose*.

As paredes dessa casa à beira-mar são levemente esver- deadas, confundindo-se com a vegetação que a cerca; e o telhado, as janelas e as portas são brancos, confundindo-se com as nuvens e com a areia. Hopper também fazia a natureza se confundir com as obras de criação do homem, como se entre elas não houvesse nenhuma relação de hierarquia.

Agora, que a meia-estação se aproxima, uma luz crua, típica do sul do país, iluminará a casa e fará com que ela fique ainda mais parecida com as das obras de Hopper. A nova luz de outono vai lhe dar um aspecto *kitsch*, o mesmo que, como dizem alguns críticos, tem nas telas de Hopper.

Mas, nos meus passeios à beira mar, não vejo apenas esse Hopper; olhando as montanhas e os barcos ao longe (tenho o que se chama de "vista cansada"), vejo uma série de formas geométricas à moda de Paul Cézanne: para mim, um campo não passa de um retângulo verde, uma grande rocha não passa de um círculo ou uma bola, ...

Não posso me queixar de morar fora do eixo Rio-São Paulo, diante da galeria que tenho à minha disposição e bem na frente do mar. E olha que nem contei a minha experiência com *Happy Days*, de Beckett, encenada por um brasileiro enterrado até o pescoço em plena areia da praia de Cachoeira do Bom Jesus.

No País das Maravilhas

Quando *Alice no País das Maravilhas*, de Lewis Carroll, fez 150 anos, em 2015, Sérgio, Bruno Napoleão e eu partimos para a Inglaterra para participar das festividades. Fizemos peregrinação pelas livrarias de Londres, repletas de livros do escritor, pelas ruas de Oxford, onde Carroll lecionou e morou e continua vivo na memória de todos, e pelas ruas de Guildford, cidade que o escritor escolheu para acolher a sua família. Guildford fica perto de Oxford, de modo que ele podia visitar sua família sem dificuldade... Talvez Carroll tivesse pensado na velha filosofia (brasileira?) segundo a qual sua família não deve morar tão perto que seus membros possam ir a pé à sua casa, nem tão longe que tenham que se hospedar nela...

Lewis Carroll acabou de escrever *Através do Espelho* e começou a compor o poema *A caça ao Snark,* em Guildford, onde faleceu e foi enterrado.

O fato é que chegamos a Guildford sem o mapa da cidade, sem o nome nem o endereço do cemitério onde está enterrado o escritor e sem saber a localização da casa de sua família. "Ora", pensamos, "basta falarmos Lewis Carroll e todas as informações nos serão rapidamente dadas, todas as portas se abrirão".

Na estação de trem, pegamos um táxi e pedimos para o motorista nos levar ao cemitério onde o escritor está enterrado. Ele, porém, não sabia em qual cemitério estava Carroll; aliás, ele nem sabia quem era Carroll e tivemos que resumir a sua biografia, seus livros e a sua importância para a literatura mundial. Diante dessa breve introdução, o motorista resolveu procurar no Google o nome do cemitério onde se encontra o "nobre" inglês. Diante do cemitério, o motorista nos desejou boa sorte na nossa caça ao túmulo e alegou não saber mais nenhuma informação para nos dar.

Não havia mais alguém vivo no cemitério a não ser nós mesmos! Sem ninguém para nos auxiliar, olhamos ao longe tentando vislumbrar uma grande e imponente lápide cheia de flores. Sem querer, topamos com uma covinha bem simples, com uma cruz bem discreta e com duas ou três florezinhas de plástico num pequeno vaso. Ali estava Carroll! Sérgio se penitenciou por não ter levado nenhum ramalhete para o escritor; então, puxou um galhinho seco de uma árvore e pôs no túmulo de seu grande mestre.

A saga não terminou por aí. Fomos em busca da casa da família de Carroll. Como também não sabíamos onde se situava, o jeito foi perguntar aos passantes, que nos olhavam assustados e não sabiam responder, pois não conheciam esse tal de Carroll. Uma cidadã, contudo, foi muito simpática, pegou o celular (não uso celular em viagens, pois a tarifa é muito cara) e foi em busca de informações. Ela me perguntou:

"Carroll se escreve com K ou com C?". Nesse mesmo momento agradeci e desisti de esperar pela informação.

Muito sofridamente chegamos à casa de Carroll! Na frente dela, uma plaquinha (*Carroll's House*). Tiramos fotos, quisemos entrar, mas a porta estava fechada. Andamos mais um pouco e resolvemos pedir outras informações numa casa de auxílio aos visitantes da cidade. Ali, sim, todos conheciam Carroll. Animei-me e mostrei, feliz, às mocinhas do estabelecimento, nossas fotos diante da casa do escritor. Silêncio, troca de olhares e uma gargalhada; elas me disseram que aquela não era a casa de Lewis Carroll, era a casa de um Carroll qualquer. Nos sentimos tomando a sopa da falsa tartaruga!

Elas nos explicaram como chegar à verdadeira casa dele. Fomos até ela, mas não tiramos foto; a casa falsa era mais interessante... pelo menos tinha uma placa na frente.

Seguimos pelas ruas de Guildford procurando uma estátua de Alice atravessando o espelho, que fica num jardim secreto..., tão secreto que a gente quase não o encontrou.

Voltamos para Londres com a certeza de que em terra de ferreiro espeto é de pau e que em Guildford quase ninguém conhece Carroll, seja ele com C ou com K. Lá ele está morto e enterrado.

Na próxima viagem, vamos a Daresbury, onde ele nasceu.

O dia de Bloom

Nunca passei o Bloomsday, ou o Dia de Bloom, em homenagem à personagem central do majestoso romance *Ulisses*, Leopold Bloom, em Dublin, mas já visitei a cidade. Já andei por onde andou Bloom, Stephen etc., percorri as localidades do livro como Martello Tower, Trinity School, mas sem o tumulto das pessoas que no Bloomsday dublinense se aglomeram nas ruas da cidade em busca de uma epifania joyciana, a visão de algo banal ou cotidiano que modifique o seu modo de ver o mundo. Uma epifania do tipo: "Uma vez ele, Stephen, tinha lavado as mãos no lavatório do Hotel Wicklow, e seu pai tinha puxado a válvula pela corrente, tendo a água começado a descer pelo buraco da pia. E, depois, quando toda a água já tinha descido vagarosamente, o buraco da bacia tinha feito um som que era direitinho essa palavra [...]. Havia dois registros que a gente virava e a água saía logo: quente e fria. [...] vira palavras impressas nas torneiras. Que coisa mais esquisita". Aliás, essa epifania é de *Retrato do artista quando jovem*, de 1916, romance anterior a *Ulisses*, de 1922. A tradução é de José Geraldo Vieira. A epifania é central na obra de Joyce.

No Bloomsday, conforme se sabe, não se celebra apenas o romance *Ulisses*; outras obras do escritor irlandês são lembradas e comemoradas, além de obras de escritores com afinidade artística com Joyce. Assim tem sido no Brasil.

Particularmente não tive nenhuma epifania em Dublin, mas confesso que os atos banais e escatológicos narrados magicamente por Joyce, em *Ulisses* e em outros escritos seus, mudaram de alguma forma a minha perspectiva do cotidiano; afinal, penso que cada ato meu, por mais trivial que seja, sempre pode dar um grande romance... O problema será atingir a maestria verbal do escritor irlandês. Afinal, afirma Lyotard, a aventura do romance está na língua, na sua proliferação, na sua dispersão e na libertação de seus horizontes.

Na primeira vez que estive em Dublin, no inverno de 2000, conheci, ou achei que conheci, Earwicker, a personagem central de *Finnegans Wake*, Humphrey Chimpden Earwicker, romance que eu lia e do qual me dedicava a traduzir um capítulo, na época, acompanhada por uma professora de Literatura Inglesa, Joanna Parker, em Cambridge, Inglaterra.

Chegando ao aeroporto, peguei um táxi em direção ao hotel. O motorista era *ear weak* ou *weaker* (orelha fraca, ou mais fraca, numa tradução literal), ou seja, ouvia mal, de modo que lhe passei oralmente o endereço de onde iria me hospedar e fui parar em outro endereço. Tentei novamente me comunicar com ele e, quando vi que a minha fala não lhe fazia efeito, escrevi o endereço na última página do meu *Finnegans Wake* (livro que me acompanhava por todos os lugares). Mas não deu resultado, ele ouvia e via (talvez tivesse irite, como James Joyce) o que queria e me deixou diante do Correio Central de Dublin, o que acabou sendo interessante, já que é um dos cenários de *Ulisses* e seria a "casa" de Shaun, um carteiro, personagem de *Finnegans Wake*. Diante do prédio do Correio Central, com a minha mala e o livro de Joyce na mão, decidi entrar e mandar um cartão-postal para o Sérgio Medeiros, que ainda não era meu marido e que estava na Califórnia, embora ele quisesse mesmo era estar em Dublin. Aliás, ele faz aniversário no Bloomsday e sempre ganha um bolo azul e branco (as cores da bandeira da Grécia, mas sobretudo uma homenagem ao *Ulisses*)! Esse foi o último cartão-postal que mandei na vida. Mas não foi a última vez que estive em Dublin, embora nunca no Bloomsday! Mas já passamos esse dia em muitos lugares.

Certo ano, passamos o Bloomsday em Londres, onde muitos estudiosos iriam se encontrar para celebrar a data, e resolvemos participar da comemoração, mas não achamos o local do evento, andamos em círculos por horas a fio e nada de encontrar nenhum joycista. Estávamos no lugar errado e na hora errada! Para nos redimirmos dessa falha, resolvemos visitar o túmulo de Joyce, em Zurique, mas a viagem ficou para fevereiro.

Nevava bastante naquele fevereiro em Zurique, especialmente lá em cima, no cemitério onde está enterrado Joyce, que fica no alto de uma montanha. Entramos no cemitério sem nenhuma indicação de onde estava o seu túmulo. Perambulamos pelas ruazinhas estreitas com lápides cobertas de neve dos dois lados, parecia que estávamos no enterro do pobre Paddy Dignam, embora em Zurique e no inverno. Aliás, a neve "amontoava-se nas cruzes tortas e nas lápides, nas hastes do pequeno portão, nos espinhos estéreis" ("Os mortos", tradução de Hamilton Trevisan), como no cemitério onde está enterrado Michael Furey. Passávamos as mãos nas lápides para conferir o nome do morto. De repente, encontramos o túmulo do Elias Canetti, ele tinha ganhado o Nobel... Joyce não... o Nobel é mesmo um prêmio muito estranho.

Nessa altura, já estávamos cansados e com frio, as luvas molhadas de esfregá-las na neve que cobria as lápides. Meu filho, Bruno Napoleão, que queria ir embora e decidiu que não daria mais um passo, pulou num monte de neve para se sentar e, para a nossa surpresa, revelou-se, por trás da neve onde ele havia se sentado, a estátua de James Joyce, justo ali, perto de Elias Canetti. Bruno Napoleão pôs um chapéu na estátua de Joyce e fez algumas esculturas ao lado dela. Nós o observamos, conversamos um pouco com o escritor irlandês, tiramos fotos e fomos embora. Joyce ficou lá, cercado de bonecos de neve e com um chapéu na cabeça, tudo obra do Bruno Napoleão.

Acredito não ter saído do tema do Bloomsday, embora não estivesse em Dublin, mas em Zurique, e não tenha achado a comemoração do Bloomsday em Londres.

A obra de Joyce que teria mais afinidade com *Ulisses* é *Finnegans Wake*. Por isso, talvez, seu último romance ganhe lugar especial nas celebrações do dia 16 de junho. Se *Ulisses* é o romance do dia, *Wake* é a sua versão noturna. Lembro ainda que seu romance noturno tem uma estrutura circular, a última frase do romance remete à primeira e, numa explosão, tudo reinicia, quase como o Bloomsday, que se repete todos os anos numa explosão de entusiasmo dos amantes da literatura joyciana.

Numa carta que Joyce enviou para a Weaver, ele contava sobre o primeiro Bloomsday, o escritor, logo após mencionar que era capaz de falar com lucidez sobre *Ulisses*, admite: "Se por acaso agora tento explicar às pessoas o que supostamente estou escrevendo[*] eu vejo o assombro reduzi-las ao silêncio". O que ele escrevia era *Finnegans Wake*.

A assombrosa prosa/poesia de Joyce tem sido vista como o sonho de Molly Bloom ou de Leopold Bloom. Diria que me parece mais um sonho feminino: depois de Molly ter

---

[*] Trata-se de *Finnegans Wake*, que nessa ocasião ainda não ostentava esse título, pois ainda era conhecido apenas por *Work in Progress*.

passado o dia na cama, depois de seu longo monólogo final, ela parece adormecer e começar a sonhar e no seu sonho ela é Anna Livia, a protagonista de *Wake*.

Assim termina o monólogo de Molly Bloom, na tradução de Bernardina Pinheiro, já que estamos falando de uma voz feminina: "[...] sim e então ele me pediu se eu queria sim dizer sim minha flor da montanha e primeiro eu pus meus braços à sua volta sim e o arrastei para baixo sobre mim para que ele pudesse sentir meus seios todos perfume sim e seu coração disparou como louco e sim eu disse sim eu quero Sim".

Agora, ofereço o início do monólogo de Anna Livia, na minha tradução, personagem de *Wake*, a versão noturna da senhora Bloom: "Poderia te guiar por aí e eu serena do seu lado na cama. Vamos lá pelo conduckto pra Dunamarca, nous? Nenhuma alma mas nós sós".

E prossegue Anna Livia:

"Podemos nos sentar no benn urzado, eu e você, em inn-consciência calma. Pra escandir e se surgir. Fora de Drumleck. Foi lá em Évora disse que eu tive o melhor. Se um dia tive mesmo. Quando a lua lamentosa se pôs e se perdeu. Sobre Glinaduna. Alone a luna. Nós, nossas almas a sós. Nas bandas do salvoceânico. [623]*

---

* Os números indicam as páginas do original em que estão os fragmentos de *Finnegans Wake*.

Num desses belos dias, apartador orbsceno, você deve se restourar uma vez mais. [624]

Se eu perder o fôlego porum minuto ou dois não fale, recorde! Uma vez isso já aconteceu, então pode de novo. [625]

A invisão da Irlíndia. E, por Thorror, você a viu! Meus lábios ficaram lívidos da alegria do temor. Quase como agora. Como? Como você disse como você me daria as chaves do coração. E nós estaríamos casados até que o norte no céupare. Mas você tá mudando, escolta, você está mudando a partir de mim, posso sentir. Ou isso é em mim é? Estou ficando embaralhada. Clareando [626] por cima e arroxando por baixo. Sim, você tá mudando, filhesposo, e está girando, posso te sentir, para uma filhesposa das colinas de novo. Imlamaya. E ela tá chegando. Nadando no meu ultimato. Não vá partir! Sejam felizes, meus queridos. Posso até tar enganada! Pois ela será doce pra você como eu fui doce quando eu vim da minha mãe. Fiz o meu melhor quando me deixaram. Pensando sempre que se eu vou todos vão. Mil cuidados, um décimo de problemas e tem quem mentenda? Toda minha vida eu vivi entre eles mas agora eles estão se tornando avessos a mim. E eu vou detestanto seus embustizinhos acalorados. Vocês são só uns franzinos. Pra casa. Minha gente não era deste tipo até ondeu alcanço. Soletarimente na minha solidão. Por todos os seus erros. Estou esvaindo. Ó amargo fim! Escapulirei antes deles levantarem. Nunca verão. Nem saberão. Nem sentirão minha falta. E é velho e velho é triste e velho é [627] triste e cansativo eu volto pra você, meu gélido pai, meu gélido e louco pai. Vejo eles se erguerem. Salve-me daquelas trerríveis presas! Minhas folhas foram levadas pra longe de mim. Todas. Mas uma inda se agarra. Vou levá-la comigo. Pra me lembrar de. Lff! Que suave esta manhã, nossa. Sim. Me leve junto, popai, como você fazia de cá pra lá na feira de brinquedos! Seu vissee ele caindo sobre mim agora sob as asas abertas como se ele tivesse vindo de Ankangelus, eu afundaria eu apagaria sobre seus pés, delicadamente debilmente, só pra lavá-los. Sim, mennina. Lá é onde. Primeiro. Você atravessa a relva simlenciosamente para. Shii! Uma gaivota. Gaivotas. Longe chamam. Vindo, de longe. Finda aqui. Pra nós então. Finn, de novo! Toma. Suave sejastu, memore-me! Lavre milhões deti. Sscios. As chaves para. Dadas! Um caminho um só um último um amoroso por onde" [628]

E tudo remeça mais uma vez:

"correorrio, após Adão e Eva, da contornada costa à encurvada enseada, nos leva por um commodius vicus recirculante de volta para Howth Castle e Entornos". [3]

Ulisses, *Wake*, *Dublinenses*, Molly, Anna Livia, Gabriel Conroy, Leopold Bloom são os muitos motivos para festejar Joyce e fazer Dublin espalhar-se mundo afora, num cruzamento de culturas que sempre foi muito valorizado por um exilado por opção, como James Joyce. Apesar de exilado, a Irlanda sempre o "acompanhou" em suas andanças pela Europa continental. O escritor costumava dizer que se um dia Dublin desaparecesse, poderia ser reconstruída das páginas de seus livros. Se Joyce fazia de Dublin o centro do mundo na sua ficção, o Bloomsday traz a Irlanda para perto de nós, todos os anos: uma Irlanda imaginária, onírica, literária, mutável e poliglota, onde se falam várias línguas, inclusive o português.

No Bloomsday, conforme se lê em *Ulisses*, certamente mais uma vez "a Irlanda espera que todo homem neste dia cumpra o seu dever".

O dia 16 de junho não foi escolhido por acaso: foi nessa data que James Joyce saiu pela primeira vez com Nora Barnacle, em 1904, a grande musa do escritor, com quem ele se casaria anos mais tarde. Mas, como afirma Isaiah Sheffer, Joyce também deve ter escolhido esse dia por ele acontecer cinco dias antes do solstício de verão, quando, na latitude de Dublin, a luz do dia dura até tarde da noite.

No Brasil, o Bloomsday vem sendo festejado há mais de duas décadas. Em São Paulo, onde o evento já é tradicional, o Dia de Bloom ocorreu pela primeira vez em 1988 e foi organizado pelo poeta Haroldo de Campos e pela professora Munira Mutran, da Universidade de São Paulo. Meu primeiro Bloomsday foi em São Paulo, e lá conheci um dos meus grandes mestres, Donaldo Schüler.

Outras cidades do Brasil passaram a comemorar a data a partir de então, sempre em 16 de junho ou em dias próximos.

Em Florianópolis, local de que não poderia deixar de falar, já que moro na cidade, o primeiro Bloomsday foi festejado em 2002 e, desde então, é organizado anualmente por mim, por Sérgio Medeiros e, a partir de 2011, também por Clélia Mello, que se juntou a nós.

Sérgio quer passar o Bloomsday de 2028 em Portugal, quer homenagear a terra de Enrique Flor, personagem português de *Ulisses*, que ele recriou no seu livro *Totens*, em que discute a música vegetal inventada por Joyce e atribuída ao músico português.

Aliás, iremos passar o Bloomsday deste ano em Dublin! Mando notícias!

Le bruit du champagne

Liberado o uso de arma de fogo, as senhoras da sociedade de Alameda do Sul, que se reuniam havia mais de 20 anos todas as terças à tarde para celebrar a vida e exibir suas novas bolsas Chanel, Gucci, Prada etc., passaram a ter mais uma novidade para mostrar às amigas: os seus revólveres.

Alguns apresentavam detalhes personalizados (eram dourados, ou pretos com pontos prateados, ou com estampa de onça).

Foi numa dessas tardes festivas, enquanto tomavam champanhe, mexiam no celular de última geração, para procurar as fotos da última viagem a Abu Dhabi ou a outro lugar da moda, e ostentavam discretamente a boca do cano de seus revolveres que brotava de suas bolsas semiabertas, que o músico Zilu Mendes, contratado para animar o encontro, foi barbaramente assassinado, assim como todas as damas da sociedade, os garçons e demais serviçais que se encontravam no local.

O caso foi o seguinte, pelo que li nos jornais: Zilu ligou dois microfones ao mesmo tempo, o que provocou uma microfonia alta e aguda, assustando as senhoras. Uma delas, instintivamente, sacou o revólver de sua bolsa de couro de cabra Prada e atirou em direção ao som. Atingiu uma das cristaleiras da casa. O novo barulho produziu um efeito em cadeia: as mulheres, uma a uma, puxaram os seus revólveres das bolsas e começaram a atirar em todas as direções.

Segundo os policiais militares que atenderam ao caso, as trouxinhas de camarão ainda estavam quentinhas, e o champanhe, gelado.

Fábulas para quem vai pisar no palco

Fábula 1

Suponhamos uma peça de teatro...

Cena I

No centro do palco um homem ajoelhado segura o corpo ensanguentado de outro homem que está morto. Entra uma mulher e vê a cena com espanto. Desce a cortina.

Cena II

O homem que segurava o morto e a mulher que assistia à cena estão numa praia.

(Eles são as únicas personagens da peça e irão atuar em todas as cenas. A primeira cena é relembrada pelas personagens até o final da peça, e o grande mistério está nela.)

Suponhamos...

O ator que faz o morto não entra em cena, pois se considera melhor ator do que seu colega protagonista. Seu colega protagonista, no entanto, tem certeza de que possui mais talento do que o seu colega que faz o morto.

Bom...

O fato é que o ator que faria o morto não entra em cena e a peça não tem como começar, as cortinas não abrem, o espetáculo não acontece.

O público fica revoltado, o teatro tem que devolver o valor da bilheteria e a companhia deve pagar os danos causados ao dono do teatro.

Os jornais não dão nenhuma notícia, pois acham que não vale a pena falar de uma companhia teatral pouco profissional.

Os críticos não assistem mais aos espetáculos dessa companhia e os teatros não cedem espaço para os seus espetáculos.

Moral da história à moda de Esopo:

Na vida trabalhamos em grupo! Se um falhar, todo mundo falha.

***

Fábula 2

Um ator tem que entrar em cena, mas antes de entrar reflete: "Devo ir até o centro do palco e virar meu rosto. Tenho que virar meu rosto para a esquerda ou para a direita?".

Nem o texto nem o diretor deixaram claro para que lado ele deveria virar o rosto. Na dúvida, resolveu não entrar em cena. Os outros atores que o aguardavam no palco não souberam o que fazer, e os atores que estavam na coxia com ele resolveram não se meter.

O espetáculo foi interrompido, pois esse ator era importante em cena.

***

Fábula 3

Um ator tem que entrar em cena, mas antes de entrar reflete: "Devo ir até o centro do palco e virar meu rosto. Tenho que virar meu rosto para a esquerda ou para a direita?"

Nem o texto nem o diretor deixaram claro para que lado ele deveria virar o rosto. Na dúvida, entrou em cena e virou o rosto para a direita e depois para a esquerda. Seus colegas ficaram aliviados.

O espetáculo prosseguiu com sucesso.

***

Fábula 4

Um ator tem que entrar em cena, mas antes de entrar reflete: "Devo ir até o centro do palco e virar meu rosto. Tenho que virar meu rosto para a esquerda ou para a direita?"

Nem o texto nem o diretor deixaram claro para que lado ele deveria virar o rosto. Na dúvida, resolveu perguntar para seus colegas de coxia, mas eles não sabiam responder. Assim mesmo, ele entrou em cena e virou o rosto para a direita e depois para a esquerda. Seus colegas o aplaudiram.

O espetáculo prosseguiu com sucesso.

Moral à moda de La Fontaine:

Na vida temos que tomar decisões e não ficar esperando apenas as instruções do diretor.

CADASTRO
ILUMI**N**URAS

Para receber informações
sobre nossos lançamentos e
promoções envie e-mail para:

cadastro@iluminuras.com.br

Este livro foi composto em Arno pela Iluminuras e terminou de
ser impresso em 2020 nas oficinas da *Meta Brasil Gráfica*, em
Cotia, SP, sobre papel off-white, 80 gramas.